U0109567

琹涵・著

如果
是一幅畫
必得清新淡雅

如果
是一枚印
以我的心來鐫刻

序　深情凝眸

寫作，是我對人世的深情凝眸。

「如果是一隻蠶，只吐深情的絲；如果是一支燭，只流歡愉的淚。」這是私心裡，我對寫作所抱持的態度。散文如此，詩亦然。或許，紅塵輾轉，有著太多不忍卒說的苦痛，文學，永遠是最好的出口，給予我們最大的撫慰。

我寫詩，其實是在散文之前，倏忽也近四十年了，從青春年少到哀樂中年，散文出了一本又一本，成績不差；詩，則幾乎交了白卷。直到我遇見《秋水詩刊》和為詩奉獻一生的靜怡姊姊，我才開始鞭策自己，是該整理詩稿、出詩集的時候了。

這本《水深雲款款》的詩集，有別於先前的《一朵思念》，它來自部落格。我的朋友璧蘭喜歡旅遊，足跡遍及五湖四海，拍攝的照片盈匣。我曾替她的攝影作品寫上文字，訴說圖片所未能表達的委婉心情。現在，我從其中挑選出比較偏愛的一百首小詩，集結成書，以為紀念。

《水深雲款款》的詩集，因著背後的友誼，更顯得溫暖。沒有臨流顧影的自戀，只有來自心靈深處的真摯告白，我深情的凝眸，但願淡語有味、淺語有致，希望您也會喜歡。

比較特別的是，「我也來寫詩」二十首，有題目，有開頭，但並未完成。如果您有興趣，可以接續著寫，也可以另起爐灶自己寫。您的參與，才使得這本詩集真正完整。

願將《水深雲款款》獻給您和我所有今生緣會的朋友們，是您們的愛和支持，讓我縱使行經幽谷，也從不覺得孤寂。

琹涵

二〇〇八年夏日

卷一 風的輕歌

卷二　水的映影

卷三　浪的柔波

卷四　雲的留痕

我也來寫詩

卷一

風的輕歌

春的來臨

春城飛花
何須張揚宣告
當風箏在天空四處遨遊
年輕女孩的裙裾飄揚
青草早已綠了河的兩岸……
我們便在
每一朵微笑
每一抹繽紛的顏彩裡
看到了春的來臨

春風

風的笛音響過
大自然著了新裝
花兒紛紛爭相綻放
繽紛滿枝頭
此刻　水色溫柔
青山雲路如詩
鳥聲為它鑲了高高低低的音符
歡唱如歌
我和大地悄然禪坐
相看忘言

清明時候

清明時候雨紛紛
淅淅瀝瀝
如琴弦彈奏著哀歌
山路上的傘連綿
向著陵園行去
風裡
有紙錢飛舞似蝶
雨仍然不停
帶著思念
點點淒涼如淚

春茶

春天的氣息
就在茶湯裡蔓延開來
彷彿生命正逐步的甦醒
從漫長孤寂的冬日
直到溫柔的春光撫觸
每一片芽尖
好似都帶著密語
誰能解讀
唯有天真的心

茶說

在沸騰的高溫中
我竭力的翻滾舒展
想要重回枝頭最美的葉子
帶著春天的雨露
和暗夜裡無法訴說的秘密
來和你相會
如今
我是你眼前的一盅茶
殷殷的思念
點染茶湯豔紅
那正是我熾烈的愛

我也來寫詩

一盅花茶

在沸騰的水中
花悠悠醒轉
逐漸綻放
彷彿一縷花魂的再生

我也來寫詩

獨酌

釀一罈思念
獨酌寂寞
想清晨的露珠總是倉皇
有的像來不及串起的珍珠
碎了一地
有的猶是垂掛枝頭的淚
此刻　湖色迷濛
仍不肯醒來
任憑鳥兒聲聲催促
依舊是鏡花寒

秘密

在歲月的長河裡
多少交錯沉浮的秘密
無法言說
只能深深的埋藏
任憑春去秋來
任憑鳶飛魚躍
牽掛的心曲
抑鬱的情懷
有一日
能不能化為大地的繁花
小聲
說給風來聽

夢的國度

我在夢裡自由飛揚
那是無限寬廣的天地
可以振翅
可以翱翔
不見邊界的阻攔
沒有關卡的森嚴
我與雲彩共舞
和風玩起迷藏
不需要證件
徜徉在夢的國度
我是唯一的王

少女心事

原來
芬芳也像雪一樣的白
乘著風
飛揚成朵朵的浪花
那是少女
曾經有過的純潔心事
畢竟說不出口
點點幻化
終成滿天美麗的星斗

樹語

花開花落
葉凋葉生
我是站在你窗前的那棵樹
甚麼時候
你能推窗一望
清晨
我以晶燦的露珠迎你
你會看到陽光的魔術
在我的葉片上展現了神奇
夜晚

沐滿了一身明月的清輝
點點都是愛的密碼
留待你來細細的解讀

我也來寫詩

彷彿鄉愁

撥開夜霧
我穿梭在過往的記憶
回想也如汪洋
有的傷痛有的溫柔
有的喜悅有的哀愁

我也來寫詩

思念的眼睛

夏夜
即使星河寥落
仍不敢看
因為
星星是思念的眼睛
眸光如水
令我走回過往
飛翔在夢土
遠逝的章節清晰浮現
心中的波濤立時洶湧
捲起了千堆雪

夏夜的熱鬧
遂被淒寒所掩埋
成了一首歲月的歌
每次吟唱
總要黯然流淚

寫給故鄉

西風已瘦
古道上
達達的馬蹄聲漸遠
思念卻日深一日
只怕落紅滿地
無人掃
纏綿的是
弦音裊裊不絕
一弦一柱思想起
啊　故鄉

屬於你四季的容顏
常和我在夢中
歡喜相會

回眸

在回眸裡
自有我的深情款款
我向每一朵雲
探詢你走過的足跡
我在每一句詩
回想思念你的心情
過往的歲月
都化作波波潮音
在安靜的夜裡
狂捲而來

你的歌聲

跟著你的歌聲飛翔
在美善的國度
和白雲一起遨遊
和微風玩捉迷藏
在那繽紛飄墜的音符裡
彷彿沐了一場花雨
我的心
純淨溫柔
而且更添芬芳

寄向遠方

曾經攜手同行
青春的時光如夢
曾經並肩觀看
櫻紅的開謝
年少的我們不知
那無憂的日子
是上天恩賜的禮物
歡笑的是我們
揮霍的也是我們
自你離去

隔著萬水千山
原來
短的是歲月
長的是思念

我也來寫詩

如果

如果浮生若夢
何以為歡
歲月是一曲簫聲
聽者有各自的解讀
或悠揚緜遠
或沉鬱蒼涼

我也來寫詩

芒花消息

當芒花為大地搖曳美姿
也傳遞了
時光匆忙的消息
韶華易逝
歡樂不能長留
且把鄉愁串成音符
唱給自己來聽
世事不過如夢一場
飄然遠去

歲月的回音

記得當年
我們曾經共賞楓紅
朵朵飛上頰邊
也飛入往後的記憶
當四季幾番走過
衰老了容顏
我在昔日中靜坐
聽心底流淌的思念
涓涓成河
也聽到了歲月的回音
如歌歡唱

寫給青春

青春是如歌的行板
在人生的春日
綻放
笑聲像一串銀鈴響動
矯健的身手
玫瑰紅的雙頰
青春自有隱藏不住的美
引得人們佇足欣羨
清新如同詩篇
卻只能讀一次
翻過　就無法重閱

鄉間晚照

斜陽裡
聆聽晚鐘的詠嘆
牛背上的牧童
一管竹笛信口吹
隨著夕陽腳步
緩緩的踏上了歸途
家在竹籬茅舍間
是我心中的桃花源

思

江南煙雨
恍然如夢寐
春花秋月都已朦朧
離合悲歡
是寫在歲月的歌
哪堪遺忘
酸甜苦辣
總是尋常生活真滋味
逃不了也避不得
只思水靜心澄

我願回返
坐忘
池中一株蓮

我也來寫詩

夕陽下的河水

等待
等待夕陽的西沉
彩霞滿天
染得河面閃爍若金
瑰麗的波光雲影
彷如繁華一夢

我也來寫詩

雨季

上天的淚　落下成雨
綿綿密密
在玻璃窗上
留下無數的水痕
哪一道是我遺失的夢
哪一道
又是我遠逝的年華
有珠淚蜿蜒
到黃昏
依舊是點點滴滴

陪伴的幸福

雲依偎著山
有著款款的深情
浪花追逐著海
須臾不肯離
在寂靜的夜裡
月光來相照
原來
陪伴就是幸福

旅人

從一個城市離開
又走到另一個城市
漂泊無所依
我明白
終究成不了一朵不羈的雲
自在消遙
我老是在眼前的花裡
尋覓熟悉的容顏
我老是遙望故鄉的方向
細數歸期

寂寞黃昏

黃昏寂寂
芒花搖曳在夕照裡
淒惶一片
細數來
有幾多惆悵
原來
輕盈的是流光
沉重的是心事

終於

終於
卸下了所有塵俗的煩憂
悠游於林木之間
我是一株花樹
臨流照影
我是一朵雲
自在遨遊於天際
我還是啊
那山青水碧中
一縷芳潔的空氣
無所不在

我也來寫詩

詩與我

沒有臨流顧影的自戀
只有來自心靈深處的獨白
我常沉思默想
從黑夜直到天明
就像等待一朵花開

卷二

水的映影

水聲

陽光閃耀
我們靜坐一隅
觀賞大自然的美景
當銀練飛奔而下
那譁然的水聲
音韻天成
不惹塵埃
滌洗了俗慮
我們的心
重回起始的純真
潔淨如昔

奔流

你聽到水聲的歡唱嗎
從高處奔流而來
濺起了細細的水珠
顆顆晶盈
宛如夢中的珍珠
我願　為你
串成愛的項鍊

秋日的思念

秋天
像一首童話詩
秋陽似酒
染得秋光如醉
臨流顧盼
不只天光雲影
還有遠去的記憶
淡淡秋日
綿綿思念

迷路的雲

怎麼了
連雲也迷路了
左衝右突
找不到回家的路
只好暫時歇腳
在虛無飄渺的山谷

誰的聲音

總聽到那涓涓的聲響
那會是來自你的心語嗎
是哀傷的淚滴
還是高興的音符
山青水碧
你在天地之間
為美景傳唱
也該是活潑的吟詠
句句都是歡喜

我也來寫詩

眾荷歡唱

當暑氣正蒸騰
荷花已甦醒
爭相綻放美麗的笑顏
只等待風來
一起歡唱
一起跳舞

我也來寫詩

默默

山林寂寂
唯有流水多情的圍繞
一樹繁花
不喧鬧不攻訐
默默守在角落裡
吐露芬芳

一雙眼

看天看地
看林木的青翠
觀山觀水
觀人間的美善

美麗的燈會

是天上星辰
落為凡間燈火
鋪陳的繁華
千燈萬盞
有若塵世的銀河
招來遊人如織
穿梭在喜悅與驚嘆之間
掩抑不住的是
孩童好奇的眼眸
歡呼連連
唉　盛筵終會散去

燈也會熄滅
佳節原本如夢
只是
留下的記憶
永遠鮮活

夢裡風景

每一棵樹都丰姿綽約
亭亭直立
每一種顏彩都清新可喜
迷人眼目
啊
那是我夢裡的風景
塵世何處尋
那竟是我遺落的深情密碼
就在美麗的山水之間

是否

還在追風逐夢嗎
是否你飄泊的心
找不到可以停靠的港灣
當你來到記憶的小河
是否記得
故鄉倒影的美麗
是否感知
故鄉召喚的深情

我也來寫詩

飄來的雲

飄來的雲
可曾帶來遠方的消息？
是海浪濤聲的壯闊之美？
還是懸崖小花的迷人笑靨？

我也來寫詩

菊

妳曾是
陶淵明東籬下的
一抹微笑
從此留下了
不朽的名
即使妳想隱藏容顏
也未能如願
詩人寫妳
畫家畫妳
而我啊

只想將妳放在心中
時時記起
妳的清芬

送別

短短的是相聚
長長的是別離
揮一揮衣袖
誰能帶得走思念
我願意靜靜的等待
只為了
別後相逢的
驚喜

不及

我的愛
如這眼前的美景
深淺有致
一見不能忘
誰能丈量我的情意
縱使
桃花潭水深千尺
仍不及我對你的愛

拈花微笑

這個微笑分明神秘
有誰能解
拈花的佛陀
是為了內在的慈心悲願
是為了示現人生的無常
只見微笑　不見言語
卻原來
只需微笑　不需言語

貓家族

我們是神氣的貓家族
眼睛往上瞧
有所為
也有所不為
我們流著高貴的血統
豈能與凡夫為伍

我也來寫詩

小番茄

可是鮮麗小櫻桃？
可是伊人唇上一點紅？

我也來寫詩

悠閒的午後

在這個悠閒的午後
好友
來杯飲料吧
茶或咖啡
看陽光輕輕的挪移
看窗外飄浮的白雲
步調慢了
心也自在了

松樹下

松樹下來回走著
那清幽絕美的小路
讓人徘徊留連
是非不到
寵辱皆忘
只是
我們不見它的青春年少
它卻眼見我們幾番老去

迷惑

門裡有門
門內還有門……
八角門
圓形門
方形門……
到底你愛哪一個
但見陽光層層遞減
門外燦亮
門內幽暗
來回走一趟這重重的門

會不會也是一場生命之旅
是從歡欣到悲苦
還是從晦澀到光明

安靜的一角

陽光斜照
石板路上留下了寂寞的影子
古老而質樸的圍牆
曾有多少歲月的滄桑
流逝的
何只是韶光
還有更多的雄心壯志
憑誰問
廉頗老矣
尚能飯否

悄悄話

你們在說著悄悄話嗎
說陽光的好
說遊人的多
還是啊
說起往日山巔海濱的夢
那些已經遙遠的故事
重溫時
幾多惆悵

我也來寫詩

一棵開花的樹

是所有春光的凝聚
朵朵鮮花滿枝椏
有一天
落英紛飛如雨
原來
繁華本不可久留

我也來寫詩

更深的夢裡

妳舒展的姿容
有如從睡夢中緩緩醒來
帶著幾分慵懶
更多的是清新雅潔
妳美麗的容顏
讓我不由自主的陷入
更深的夢裡
不願醒來

燕子飛來

花姿嫣然
在一片紛紅駭綠裡
有燕子雙雙飛來
翩然起舞
想來
寒冬早就遠去
春在枝頭已十分

玫瑰音符

紫紅紅紫……
原來
玫瑰不只多嬌
也彷如音符的起伏高低
是生之禮讚
還是花雨繽紛
聽聽
我也來唱一首
這樣的歌

停泊

夕陽就要沉沒
最後的雲霞逐漸黯淡
船隻也安靜的停靠
像在一個夢裡
就要睡去
你呢
在你繽紛的夢裡
會不會有我的身影

最後的霞光

像臨去的最後一瞥
多少深情款款
竟也有著說不出的哀傷
那顏彩
是天際最絢爛的一抹
只一相望
就在記憶的深處
停格

我也來寫詩

瀑布

那不斷奔流而下的
只是瀑布嗎？
還有多少流光的飛逝啊

卷三

浪的柔波

冀望

今天
我以誠敬的心
埋下希望的種子
歷經陽光雨露
有一日
它能不能蔚然成林
帶來清蔭
當我再來尋訪
它會不會是我心中的伊甸
鳥鳴蝶舞
願它是我夢裡的天堂

拜訪春天

誰是春天的第一個訪客
日日春
還是含羞草
我四出尋覓春的蹤影
東風緩緩吹
水深雲款款
當我倦遊歸來
驀見一片花團錦簇
原來
春早已獨占枝頭
燦爛在人間

雨落

雨落在涼風中
被吹得四處散去
雨落在冬日的清冷裡
寒意漸深漸重
雨落在寂寞的心弦上
只有苦澀應和
聽不到甜蜜的回聲
別說世上你最苦
誰人知道
在每一滴雨裡
都埋藏著
一個流淚的故事

山中微雨

山中景物
被斜風細雨織成
一片迷濛
曾經點點櫻紅
曾經桃花灼灼
曾經黃花粲然
曾經梅蘭芬芳
風雨帶來花草的消息
隨著四季放歌
山色的嫵媚依舊
如詩

走入一個夢

綠蔭深濃處
小徑幽然
那是我不醒的夢
可以和林木為友
聆聽鳥聲歡唱
可以閒閒走走
把日子走成一首歌
你可曾聽出
歌中的歡喜
和我深深的思念

溫柔

溫柔也如潭水
水波不興
怕驚擾了山中精靈的夢
群樹默默
多少祝福都在無言中
悄然傳遞

我也來寫詩

沙漠玫瑰

你是來自遠方的玫瑰
如此艷麗多姿
天寬地闊
漠漠荒原
綻放了一朵深情
當我凝視
那樣的眼眸回望
彷彿訴說了
地老天荒　不竭的
愛

楓林

楓紅
一片如煙似霧
好像來自天邊的彤雲
是誰遺落的心
點燃著這般熱情
卻成了蓊鬱的楓林
我徘徊樹下
但見落紅紛飛
若我哀傷的思緒
留不住的韶光
唯有嘆息

落櫻

飄落的身影幽幽
像夢的輕盈
像嘆息的微語
那樣的一場花雨
昭告了
繁華不久恃
青春如幻影
我雖不是葬花人
也願此生常惜
一往無悔

胭脂紅

就像胭脂一樣
紅遍了枝頭
為此
整個天空都失了顏彩
秋的美麗
常在人們的心裡
年年追楓
有如少時輕狂
楓亦有知
以這般的嫣紅
深情回報

說愛情

愛情像拼圖
原本完整的圖像
因著紛擾爭執誘惑……
四分五裂
割開的碎片
各自離家出走
難以重整
再也拼不回從前了
也罷
空白的　只好空白
那不是生命中的刻意

卻是刺眼的提醒
對愛情
唯有呵護
或者遺忘

我也來寫詩

種子

即使
只是一顆種子
也讓人期待整季的花園錦簇

我也來寫詩

藤

藤已老
從青青藤蔓到枯枝殘敗
有過多少綺旎的風光
有過多少深情的繾綣
美麗的　都已屬前塵往事
而今纏繞的枯藤
兀自在西風中嗚咽
聲聲呼喚
也喚不回青春的昨日

和甜蜜的往昔
在天地的蒼茫裡
自成一方孤寂的風景

有一首歌

有一首歌
歌中有訴說不盡的情意
夜裡聽來
總要讓人落淚
這淒清　有誰能解
總要撞擊遊子的心
悠揚的歌聲
化作愁腸裡的苦澀
只是為了鄉思

經過等待

楓樹上
有的葉黄
有的殷紅
是不是也要經過等待
等待時機的成熟
等待西風的催化
等待啊
當胭脂染紅了葉子
整棵楓
便轟然的亮了眼

襯托

沒有綠葉
何以顯出紅花的嬌美
沒有繁華
何以顯出蒼涼的悲哀
沒有愚昧
何以顯出智慧的可貴
沒有衰老啊
又何以顯出青春的明艷動人

當我行過千帆

夜睡了
為甚麼你還睜著不寐的眼
墨黑寂靜的世界
白日的紛爭早已止息
餘音
卻在我的心中迴蕩
當我行過千帆
彷彿有一首老歌
帶我重回遠逝的年代
敲開記憶的門扉
那些依戀和哀傷
都是我心靈的歸帆

悠然

水波粼粼
天光雲影共徘徊
獨釣
一湖的悠然

我也來寫詩

暗夜心事

往事從來不曾逝去
只是善於隱藏
老是群聚在夢土
拿著細細的針
刺向我的心
傷痛卻不見血流
哽咽而淚已乾涸
我在深夜裡輾轉難眠
不能遺忘
無法棄絕
往事總是醒著

冷冷的看著
直到第一聲雞啼
帶來曙光
才轉身隱沒　在一個
我不知的角落

我的祝福

一揮手
人各天涯
且把那聲聲珍重
懸掛在樹梢
當風走過
你是否聽到
我的句句祝福
要努力加餐飯
要夜夜有好眠
我的思念
有若萋萋芳草

漸行漸遠仍生生不息
情懷綿密
相思牽纏
君行千山萬水
我的心也緊緊相隨

相思

山抹微雲
明月前來相照
相思縱有千萬斛
只能存放在心的角落
夜深時
大地一片靜寂
說與誰來聽

春的迷藏

是誰
催綠了江南岸
催皺了一池湖水
也催醒了如錦的大地
楊柳風輕輕
撲面而來
是春的訊息
枝頭有點點新綠
牆腳下有青碧耀眼
春　隱身處處
仍不減盎然的生趣

紅樓歲月

翻開過往的回憶
紅樓歲月
在綠蔭深濃裡
是一首輕快的樂曲
是一闋如夢令
幾番風雨後
白衣黑裙的日子遠去
天真的笑語滑落
只能在夢中
和年少的自己相逢
絃歌漸杳　卻也依稀如昨

仍有年輕的笑靨綻放
青春
從來不曾消逝
只是轉移

我也來寫詩

唱歌給誰聽

讓我來唱一首歌
給你聽
給青春聽
也給歲月聽
年少是輕快的音符
青春飛揚
是如歌的行板
而逐漸老去的年華
是一首沉鬱的哀歌

我也來寫詩

梅香

到底
是怎樣的堅持
當世間的繁華零落殆盡
猶有她笑傲在枝頭
兀自吐露著清芬
最是多情的她
寂寞舞寒風
仍挺立著
為蕭索的天地
散播一縷鮮潔的芳香

鳳凰花

艷麗的花兒
如彩蝶紛紛飛上枝頭
烈火一般
燃燒起所有夏日的愛戀
當驪歌輕唱
點燃了離情別緒
氾濫的愁思
誰也無可壓抑
那朵朵鮮麗的紅
宛如泣血的心

滿天星

彷彿是
天上的星辰落凡塵
所有的星子都凝結在
樹梢
細細碎碎
閃閃亮亮
像無數好奇的小眼睛
觀看著這個世界
像許多頑皮的小雪花
點點紛飛上了枝頭

如夢似幻
全是我心中的
思念

瓶中花

再不能巧笑枝頭
再不能迎風招展
我固守
在這細長的天地間
一瓶清水
是我延命的所繫
歲月悠悠
我仍努力綻放出
最大的美麗
只是
誰又能解我寂寞

當你揚帆

當你揚帆
我有祝福萬千
就掛在你的帆上
伴著你遠渡重洋
此去千里煙波
縱有波濤洶湧
將化為平靜
天邊的星子閃爍
一如我
誠摯的心語

我也來寫詩

夜深時候

夜深時候的心情
微冷
我獨自端坐
以沉默之姿
此刻　心思貼著風
四處流浪去

我也來寫詩

卷四

雲的留痕

百合雲梯

朵朵的百合
築成了一道夢的雲梯
好讓思念攀爬
向雲霧的深處行去
那是你歸隱的所在

我能不能和你　起採摘
鮮紅欲滴的楓葉
那是相思的信箋
不勞文字遞送情意
只合有情人來細細珍藏

獨白

聽見
一種溫柔的聲音
在春風秋雨中
綻放如花

想見
一種深沉的思念
在黝暗天幕間
閃爍似星

夢見
一種說不出口的愛
在心靈的角落
播灑幽香

走過歲月

走過歲月
山高水長　白雲悠悠
風中
且把過往的日子
誦成一首歌
唱給流水來聽
也唱給自己來聽

有一天
當我走向生命的盡頭
回首凝眸

能不有無限的依依
但願仍有一首溫柔的歌
為我吟唱
也為我送行

問

在那植夢的地方
可有
一枚紅葉不曾褪色
一朵微笑供我收藏
一個允諾不會蒼老
而青春的心啊
永遠飛揚

當我獨自坐在記憶的長河
能不能擁抱往日的甜蜜
能不能釣起一江的詩意

能不能將沉重的心事啊
徹底遺忘
若我真能忘情
是不是連夢也寂然

春天的意思

當東風吹暖了大地
先把愁苦摺疊起來
放在遺忘的角落
推開憂鬱的窗
看哪
花開花飛
處處都是美麗

你聽見花樹的低語嗎
歡迎到大自然來
有著陽光

有著清香
還帶來春天的祝福
春光爛漫
在人間

三月

三月　花滿小城
隨風亂撲行人面
我凝神守候
唯恐夜深花睡去

我也來寫詩

貝殼

一枚貝殼
收集了所有海的聲音
那寬闊無邊的海洋
那澎湃洶湧的浪潮
啊
也曾有過波平如鏡的時刻
如詩　如歌
也如同美麗的幻境
從貝殼的大耳朵裡
你

聽到了甚麼呢
有關浪濤的壯麗
有關海洋的傳奇
還是啊
屬於它的前世與今生

溪澗

小溪輕輕流淌
呢呢喃喃蜿蜒而過
看盡了四季裡的
花開花謝

春的訊息
它最先知曉
草綠水暖
還有土壤裡的濕潤

山坳裡　有蛙鳴一片
林木幽深處
傾聽眾鳥歡唱
看燕子輕盈穿梭

日月星辰靜默凝睇
一切的榮枯風景
如同人生行路
憂歡參半

我願是

我願是
一縷春風
吹綠江南兩岸
讓繽紛美麗了世界

我願是
夏日蜿蜒的清溪
所到之處
都有活潑的生意

我願是
秋天的一朵楓
層層的相思
是我愛的宣言

我願是
一場冬雪
輕柔覆蓋著整個大地
預告了來年豐美的收成

露珠

晨起
我在花葉間
看到你清新的容顏
晶瑩而剔透
美如鑽石

鑽石有價
不能免於庸俗
唯有你
天地靈氣之所鍾
且願和世人分享美

曾經

曾經
歌聲笑語如花的開謝
曾經
年少輕狂像驟雨的來去
也曾經
一起觀看燈火的燦爛
聆聽生命之歌的悠揚
當一切遠逝
方知
青春是絕美的詩句
寫在純真的心裡

夏日

夏日的街道寂寂
只有陽光
熾熱的潑灑著
紛紅駭綠
是一種喧鬧
也有著更深的落寞

我也來寫詩

蝴蝶蘭

我守著窗兒
只為了凝視妳最美的容顏
妳出塵的清芬
隨風飄揚到
我心的每一個角落
即使是最幽微的所在

已經有過熱烈的綻放
往日多少眷戀不捨
都像紛紛離枝的花瓣

羽化而為蝴蝶
蝶影雙雙
莫非是在等待來世的情緣

楓

彷彿聽見詩人的嘆息
幽幽滑落
在楓紅之中
美麗
也是一種哀傷

這原是秋日裡
最華麗的一場演出
那拚盡的顏彩
殷紅一片
渲染了天地
便也無悔

請許我

請許我一朵芬芳的微笑
於是　我便知道
這是一個永恆的春天
眾花從不凋零
繽紛在枝頭

請許我一個希望的未來
於是　我便明白
有一個值得嚮往的錦繡前程
風浪不須怕
我要快樂的出航

一方岩石

一方岩石
坐在蜿蜒的溪旁
靜默不語
趺坐成佛
傾聽流水的歡唱
觀看萬物的變幻

一方岩石
坐在大地的胸膛
天高雲低
當風吹起幽幽的笛韻

當雨落成一片迷濛
仍默然無言
趺坐成佛

蟬之心曲

越是炙熱的天氣
我越精神抖擻
高歌不歇
唱出天地悠悠
唱得百花綻放
也唱盡人間的苦樂

縱然不聞喝采之聲
也沒有流水伴奏
我仍然要盡情歡唱

從晨曦初起
直唱到夕陽西下
我是最賣力的歌手

留一盞燈

留一盞燈
給夜歸的人
縱使風狂雨急
長路漫漫

我也來寫詩

鄉愁

思鄉成愁
汪成一方無邊的海
卻找不到可以涉渡的
舟子

眼前
山水的美麗不及你
花朵的笑容不及你
在重重疊疊的思念裡
鄉愁無法織夢

記憶裡的故鄉
天空瑰麗
我把它寫成詩
讀來　字字都是淚

秋夜風雨

風來雨來
在這個暗夜裡
只聽得
敲窗也急

作客他鄉
屋外
是霓虹閃爍的都會繁華
屋內
一盞孤燈伴我淒清

想起
遠在千里之外的故園
有雲水悠然
心中頓起悲涼
原來　歸夢不宜在秋

燭

多情的總是你
在黑夜裡
當天地一片孤寂
你兀自燃燒
為四周帶來溫暖的光
因著你的無私
可以驅逐寒涼
可以指引前路

當你一寸寸短去
當你的燭火將要熄滅

榮耀的走完此生
你必是含笑離去
因著你全然的奉獻
有多少感恩
長留人心

為你

為你
我朝朝暮暮的守候
無悔的等待千年花開

為你
我以陽光和花朵織夢
讓理想啟航

為你
我把昨日的滄桑釀酒

一飲而盡
不再記起

最美的一條路

走過
最美的一條路
有晨曦的祝福
有你的攜手同行
縱使
世途崎嶇
走來也悠然

走過
最美的一條路
有晚霞的祝禱

有你的陪伴同行
縱使
前路迷茫
走來也怡然

走過斜風細雨
走過落英繽紛
走過寂靜路口
只因
有你同行
那就是
最美的一條路

我的愛

夕陽的顏彩瑰麗
染得波光粼粼如金
景色也如詩
我好想知道
我的愛

我也來寫詩

往事微醺

夢
在遙遠的前方
在雲霧迷漫的深處
年少時的我
於懵懂中舉步
也曾跌跌撞撞
也曾摔得遍體成傷

如今
多少繁華已逝
行經風雨泥濘之地

夢依然在遙遠的前方
我的行囊不空
往事正微醺

一朵思念

別再追趕離去的身影
歲月的腳步
日漸蹣跚
當你遠逝
我在簷前掛上一盞燈
驅逐暗夜的淒冷
讓愛綻放光明
也讓你記得回家的路

記憶有多長
愛也有多長

每次旅行
我帶著思念你的心
連沿途的山水也染上了憂鬱
歌聲已歇
你在的地方
永遠是我仰望的方向

一幅田園

四季是一首歌
你聽到田園的呼喚嗎
你聽到花朵的嘆息了
當風吹拂而過
花花葉葉
絮絮低語
都是愛的密碼
被收藏在心靈的深處
留待有情人來讀

當花朵搖曳出
滿天的詩情
你聽見她的微語輕柔嗎
青春易逝
歡樂不久留
曾經是枝頭上的青青澀果
秋來時
懸掛起串串的豐盈飽滿
那是給你的祝福
你嚐出其中的甜美嗎

回憶的窗口

別離的時刻
早已壓睫而來
任憑心中的不捨再多
仍無法繫住遠行的舟楫
在默默裡
願織就一張思念的網
深情撒向你蔚藍的海洋

蔚藍的海洋
是寫滿憂鬱的思緒
還是眷戀寬闊的天空

我倚在回憶的窗口
希望今夜仍有夜鶯歌唱
在不眠的夜裡
依稀聽到你聲聲的召喚

記憶的盒子

多少青春往事已然遠去
像童話一般飄渺
校園日子如夢
尋常生活如夢
人生
也無非是夢一場

走過四季
走過離合悲歡
我把夢收藏在
記憶的盒子
留予他年逐一重溫

我也來寫詩

長路漫漫

長路漫漫
看盡了不同的風景
有時風雨
有時陰晴

當您寫完了「我也來寫詩」，
您已經和我共同完成了《水深雲款款》，
現在，請您和我一起簽名，
您的簽名是這本詩集最美的句點。

琹涵

國家圖書館出版品預行編目

水深雲款款 / 棐涵著. -- 一版. -- 臺北市：
秀威資訊科技, 2008.08
面； 公分. -- （語言文學類 ; PG0196）

BOD版
ISBN 978-986-221-055-0（平裝）

851.486 97014568

語言文學類 PG0196

水深雲款款

作 者 / 棐 涵
發 行 人 / 宋政坤
執 行 編 輯 / 黃姣潔
圖 文 排 版 / 郭雅雯
封 面 設 計 / 莊芯媚
數 位 轉 譯 / 徐真玉 沈裕閔
圖 書 銷 售 / 林怡君
法 律 顧 問 / 毛國樑 律師
出 版 印 製 / 秀威資訊科技股份有限公司
台北市內湖區瑞光路583巷25號1樓
電話：02-2657-9211 傳真：02-2657-9106
E-mail：service@showwe.com.tw
經 銷 商 / 紅螞蟻圖書有限公司
台北市內湖區舊宗路二段121巷28、32號4樓
電話：02-2795-3656 傳真：02-2795-4100
http://www.e-redant.com

2008 年 8 月 BOD 一版
定價： 230 元

讀　者　回　函　卡

感謝您購買本書，為提升服務品質，煩請填寫以下問卷，收到您的寶貴意見後，我們會仔細收藏記錄並回贈紀念品，謝謝！

1.您購買的書名：＿＿＿＿＿＿＿＿＿＿＿＿＿

2.您從何得知本書的消息？

☐網路書店　☐部落格　☐資料庫搜尋　☐書訊　☐電子報　☐書店

☐平面媒體　☐ 朋友推薦　☐網站推薦　☐其他＿＿＿＿＿

3.您對本書的評價：(請填代號　1.非常滿意 2.滿意 3.尚可 4.再改進)

封面設計＿＿　版面編排＿＿　內容＿＿　文/譯筆＿＿　價格＿＿

4.讀完書後您覺得：

☐很有收獲　☐有收獲　☐收獲不多　☐沒收獲

5.您會推薦本書給朋友嗎？

☐會　☐不會，為什麼？＿＿＿＿＿＿＿＿＿＿＿＿＿＿＿＿

6.其他寶貴的意見：＿＿＿＿＿＿＿＿＿＿＿＿＿＿＿＿＿＿

＿＿＿＿＿＿＿＿＿＿＿＿＿＿＿＿＿＿＿＿＿＿＿＿＿＿

＿＿＿＿＿＿＿＿＿＿＿＿＿＿＿＿＿＿＿＿＿＿＿＿＿＿

＿＿＿＿＿＿＿＿＿＿＿＿＿＿＿＿＿＿＿＿＿＿＿＿＿＿

讀者基本資料

姓名：＿＿＿＿＿＿＿＿＿＿　年齡：＿＿＿　性別：☐女　☐男

聯絡電話：＿＿＿＿＿＿＿＿　E-mail：＿＿＿＿＿＿＿＿＿＿

地址：＿＿＿＿＿＿＿＿＿＿＿＿＿＿＿＿＿＿＿＿＿＿＿＿

學歷：☐高中(含)以下　☐高中　☐專科學校　☐大學

☐研究所(含)以上　☐其他＿＿＿＿＿＿＿＿

職業：☐製造業　☐金融業　☐資訊業　☐軍警　☐傳播業　☐自由業

☐服務業　☐公務員　☐教職　☐學生　☐其他＿＿＿＿＿

請貼
郵票

To：114

台北市內湖區瑞光路 583 巷 25 號 1 樓

秀威資訊科技股份有限公司　　　收

寄件人姓名：

寄件人地址：□□□

(請沿線對摺寄回,謝謝!)

秀威與 BOD

BOD（Books On Demand）是數位出版的大趨勢，秀威資訊率先運用 POD 數位印刷設備來生產書籍，並提供作者全程數位出版服務，致使書籍產銷零庫存，知識傳承不絕版，目前已開闢以下書系：

一、BOD 學術著作—專業論述的閱讀延伸
二、BOD 個人著作—分享生命的心路歷程
三、BOD 旅遊著作—個人深度旅遊文學創作
四、BOD 大陸學者—大陸專業學者學術出版
五、POD 獨家經銷—數位產製的代發行書籍

BOD 秀威網路書店：www.showwe.com.tw
政府出版品網路書店：www.*gov*books.com.tw

永不絕版的故事・自己寫・永不休止的音符・自己唱